L'EMPIRE

VENGÉ

PAR

A. ELOVIR.

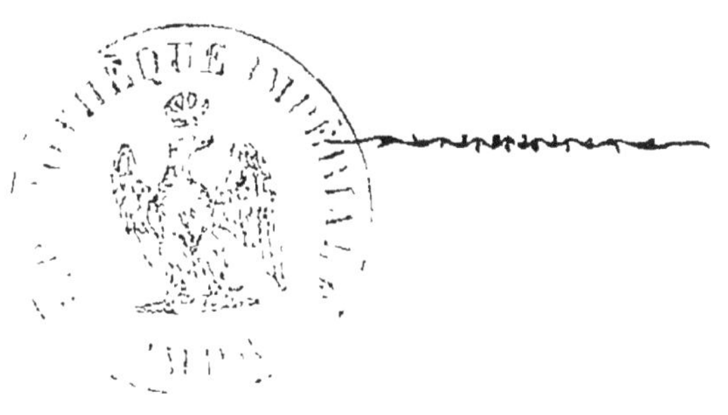

AIX

TYPOGRAPHIE **NICOT**, SUR LE COURS, 55.

—

SON ALTESSE IMPÉRIALE.

Vainement du soir à l'aurore
Je cherche ces chants glorieux
Que le poète fait éclore,
Quand son objet l'élève aux cieux.
Ma prompte main vingt fois déchire
Un velin sillonné vingt fois,
Et chaque corde de ma lyre
Tour-à-tour se rompt sous mes doigts.

Feuilletant ces illustres pages,
Où la gloire de cent héros,
Rayonnant à travers les âges,
Nous répand ses lumineux flots,
J'envie envain ces traits sublimes,
Que trouve au bout de son burin,
Pour peindre les cœurs magnanimes,
Rousseau brûlant d'un feu divin ;
La voix sur mes lèvres expire,
Quand j'entreprends de célébrer
Ton courage heureux, dont j'admire
Les bienfaits qu'on ne peut nombrer.

Puisque mon esprit est rebelle
A seconder les purs transports
D'un cœur à te louer fidèle ;
Rebuté de mes vains efforts,
Permets que pour chanter ta gloire
J'emprunte une étrangère voix ;
Fasse le Ciel que ta mémoire
Se félicite de mon choix !
Écoute les accens intimes,
L'écho pur de la vérité,
Puisses-tu suivant ses maximes,
Courir à l'immortalité :

« *Princes* , pour le maintien de *nos* lois salutaires
Du peuple entre vos mains le pouvoir fut remis ;
Rois, vous fûtes élus sacrés dépositaires
      Du glaive de Thémis.
Puisse en vous la vertu faire luire sans cesse
De la divinité les rayons glorieux !
Partagez ces tributs d'amour et de tendresse,
      Que nous offrons aux Dieux !
Mais chassez loin de vous la basse flatterie,
Qui cherchant à souiller la bonté de vos mœurs,
Par cent détours obscurs, s'ouvre avec industrie
      La porte de vos cœurs.
Le pauvre est à couvert de ses ruses obliques,
Orgueilleuse elle suit la pourpre et les faisceaux,
Serpent contagieux qui des sources publiques
      Empoisonne les eaux.

Craignez que de sa voix les trompeuses délices
Assoupissent enfin votre faible raison,
De cette enchanteresse osez nouveaux Ulysses,
　　　Rejeter le poison.
Néméis vous observe et frémit des blasphèmes
Dont rougit à vos yeux l'aimable vérité.
N'attirez point sur vous, trop épris de vous-même.
　　　Sa terrible équité.
C'est elle dont les yeux certains, inévitables,
Percent tous les replis de nos cœurs insensés,
Et nous lui répondons des éloges coupables
　　　Qui nous sont adressés.
Des châtiments du Ciel implacable ministre,
De l'équité trahie elle venge les droits,
Et voici les arrêts dont sa bouche sinistre
　　　Epouvante les rois :
« Ecoutez et tremblez, idoles de la terre,
« D'un encens usurpé, Jupiter est jaloux,
« Vos flatteurs dans ses mains allument le tonnerre·
　　　« Qui s'élève sur vous.
« Il détruira leur culte, il brisera l'image
« A qui sacrifiaient ces faux adorateurs;
« Et punira sur vous le détestable hommage
　　　« De vos adulateurs.
« Moi, je préparerai les vengeances célestes,
« Je livrerai vos jours au démon de l'orgueil,
« Qui par vos propres mains, de vos grandeurs funestes
　　　« Creusera le cercueil.

« Vous n'écouterez plus la voix de la sagesse ,
« Et dans tous vos conseils l'aveugle vanité ,
« L'esprit d'enchantement, de vertige et d'ivresse,
    « Tiendra lieu de clarté.
« Sous les noms spécieux de zèle et de justice ,
« Vous vous déguiserez les plus noirs attentats,
« Vous couvrirez de fleurs les bords du précipice
    « Qui s'ouvre sous vos pas.
« Mais enfin votre chute, à vos yeux déguisée,
« Aura ces mêmes yeux pour tristes spectateurs ,
« Et votre abaissement servira de risée
    « A vos propres flatteurs. »
De cet oracle affreux tu n'as point à te plaindre ,
Cher prince, ton éclat ne *sait* point t'abuser ;
Ennemi des flatteurs, à force de les craindre,
    Tu *sais* les mépriser.
Aussi, la Renommée, en publiant ta gloire
Ne sera point soumise à ces affreux revers ;
Et tu vivras toujours assez pour ta mémoire ,
    Trop peu pour l'univers. »

J'ai cherché le Dieu que j'adore,
Partout où l'instinct m'a conduit,
Sous les voiles d'or de l'aurore,
Chez toi les étoiles de la nuit....
. . . .
L'épi, le brin d'herbe, l'insecte,
Me disaient : adore et respecte,
Sa sagesse a passé par là ;
Et ces catastrophes fatales,
Dont l'histoire enfle ses annales,
Me criaient plus haut : le voilà.

LAMARTINE.

O toi qui t'es couvert d'une innocente gloire,
Espoir de l'avenir, laisse ma faible voix
Célébrer par ses chants la paisible victoire,
Que tu viens de ravir aux oppresseurs des lois.
En vain tes ennemis osent te faire un crime
Du pouvoir que la France a remis en tes mains,
Désormais à mes yeux c'est le seul légitime,
Si le ciel à son gré choisit les souverains.
Vainement à ton joug ils tentent de soustraire
Les peuples, vainement ils osent protester
Contre ton règne ; alors qu'il devient nécessaire,
Il devient droit sacré ; qui peut le contester ?
Quand le pilote au sein d'un furieux orage,
Dans l'abîme des mers trouve une horrible mort,
Le faible passager, pour fuir l'affreux naufrage,
Au plus audacieux ose livrer son sort.

Ainsi pour échapper aux perfides menées
Des partis acharnés à déchirer ses flancs,
La Patrie à ton bras remet ses destinées ;
C'est un devoir de mère envers de chers enfants.
Eh quoi ! pour provoquer les plus sanglants outrages
Que prodigue à ton nom un criminel courroux,
Du pupille as-tu donc ravi les héritages ?
Arrachas-tu la veuve au toit de son époux !
Aurais-tu dévoré d'un désir sacrilège,
Etendu sur le sceptre un régicide bras ?.....
Non. Seul le Tout-Puissant, dont la main te protège,
Vers le trône se plût à diriger tes pas.

Sous ton empire heureux, l'éclat de la naissance
Au mérite partout cédera les honneurs,
Tu sauras à son prix estimer l'opulence,
Et pour les vrais héros réserver tes faveurs.
On ne te verras pas, dans une folle rage,
Nous ravir tour-à-tour les droits, la liberté,
Que sur la mer des temps, après plus d'un orage,
Nos pères ont conquis à leur postérité.
Si de bonheur, toujours de plus en plus avide,
La France d'autres lois réclamait le secours,
Tu saurais à ses vœux, de ton bras intrépide,
A travers mille écueils, ouvrir un libre cours.

Puissions-nous voir enfin les projets chimériques
Des partis, sous ton trône à jamais renversés !
Puissions-nous voir crouler leurs doctrines iniques
Et leurs hideux suppôts loin de nous dispersés !

Politiques fameux , sur les vers que m'inspire
L'amour de mon pays et de la liberté,
Peut-être jetez-vous un dédaigneux sourire?
Mais vos dédains censeurs font-ils autorité?
Non, non, je ne crois pas à tous vos vains systèmes,
Prosélytes zélés des tribuns ou des rois ,
Et quoique pour un peuple, il soit des lois suprêmes,
Qu'il serait criminel de livrer à son choix ;
Quand pour aller au but, il est plus d'une route,
Laissez-le librement vers lui porter ses pas ;
L'aigle sait s'élancer vers la céleste voute ,
Et le coursier bondir, pour voler aux combats.
L'astronome des cieux pénétrant les mystères,
Des globes enflammés prédit le cours certain ,
Et vous, vous prétendez, ô rêves éphémères !
De mille nations annoncer le destin !
Aux décrets éternels, tout à coup infidèle ,
Loin des sentiers fixés, quel astre est emporté !
Au contraire, à ses lois ou soumis ou rebelle,
L'homme peut se montrer, c'est là sa liberté ;
En prétendre tracer la course dans les âges,
Serait d'un fol orgueil l'espoir audacieux,
Autant vaudrait penser au milieu des orages,
A prévoir le chemin des vents capricieux.

Du privilège heureux et trop souvent terrible
D'obéir librement, dont les mortels sont fiers,
Rois, connaissez enfin le pouvoir invincible ,
Et de l'anéantir sous vos coups meurtriers,

Cessez de concevoir l'inutile espérance ;
Au contraire, avec art diriger ce ressort
Vers le bien, n'est-ce pas la royale science ?
C'est par fois un bon vent qui nous conduit au port.

Superbes héritiers d'un trône séculaire,
Dont les peuples soumis se sont faits les remparts,
Ne vous flattez jamais d'un rêve téméraire.......
Ce trône somptueux peut tomber sous leurs dards.
Des plus sages conseils, méconnaissant l'empire,
La foule à son humeur s'abandonne sans freins,
Rien ne peut l'arrêter ; un instant de délire,
Détruit tout, sages lois, trônes et souverains.

Ne croyez pourtant pas que de faibles caprices,
A ces sombres transports, seuls ouvrent un accès,
Rois, ce sont trop souvent vos lois usurpatrices,
Qui plongent les mortels dans ces hideux excès.
Et si de ces fléaux vous devenez victimes,
Faut-il nous reprocher vos maux les plus amers ?
Non, non, mais vous deviez suivre d'autres maximes,
Apprenez à régner sous le poids des revers.
Celui qui du lion ose exciter la rage,
Sous son ongle cruel rencontre le trépas,
Et vous, d'un peuple brave affrontant le courage,
Rois, vous avez osé le fouler sous vos pas !
Les peuples sont-ils nés pour servir de cortège
Aux chars ensanglantés de ces cruels vainqueurs,
Qui ne cherchent des rois que l'affreux privilège,
De couvrir l'univers et de sang et de pleurs !

Ils osent dévorer la substance grossière
Du pauvre, pour remplir leurs désirs orgueilleux,
Et sans aucun remord écraser la chaumière,
Bâtir sur ses débris leurs palais somptueux.
Versailles, que tes murs ont fait couler de larmes,
Et combien ta splendeur rappelle de tombeaux !
Qui voudrait à ce prix acheter tous tes charmes?
Tes pavillons dorés, ta verdure et tes eaux?
C'est peu, le cœur brûlant d'une impudique flamme,
Sans crainte, ils ont porté leur odieuse main
Sur les plus saintes lois ; ils ont ravi la femme
A ses devoirs sacrés, aux nœuds purs de l'hymen.

Loin de moi cependant l'audace criminelle
D'armer des sujets fiers, contre leurs anciens rois ;
Ah ! qu'un peuple jamais ne se fasse rebelle,
C'est l'immuable arrêt que proclame ma voix.
Mais quand il plaît au ciel, dans sa juste colère,
Des peuples opprimés d'alléger le fardeau,
Je ne puis qu'admirer son tribunal sévère,
Qui poursuit le méchant sous le royal bandeau.
La race de David, ivre de sa puissance,
Ose braver du ciel les éternels décrets,
Et soudain elle apprend que prompte est la vengeance
Du maître tout-puissant des rois et des sujets.
Sous les pas des guerriers, j'entends frémir la terre,
Jéroboam accourt entraînant ses soldats,
Du puissant Roboam il brave la colère,
Et recueille sur lui la gloire des combats ;

Du diadème il ceint son orgueilleuse tête,
Les peuples à l'envi se rangent sous sa loi,
Le ciel a pris le soin d'affermir sa conquête,
Le rebelle sujet est légitime roi !

Souverains ou sujets, aux lois de la matière,
N'êtes-vous pas soumis ? Dans votre vanité,
Vous pensez en vain fuir l'incurable misère,
Qui désole ici-bas la triste humanité ;
Les rois à la douleur sont-ils donc insensibles ?
De la fièvre jamais n'ont-ils senti les feux ?
A nos infirmités sont-ils inaccessibles ?
Et du temps bravent-ils les effets désastreux ?
De la faim, de la soif ils sont les tributaires,
Des plus honteux instincts ils sont esclaves-nés,
Tous les maux des humains leurs sont héréditaires,
Et comme eux à pourrir ils furent condamnés.
Pourquoi donc s'étonner quand d'une main égale,
La fortune inconstante atteint dans ses revers,
L'humble front du berger et la tête royale ?
C'est l'ordre rigoureux qui régit l'univers.
Lorsque dans nos forêts soudain frappe la foudre,
Rien ne peut résister à ses terribles coups,
Ses éclats meurtriers osent réduire en poudre
Et le chêne orgueilleux et le timide houx.

Vous, qui des nations parcourez les annales,
Rappelez à nos yeux les effrayants tableaux
Des peuples divisés en factions rivales,
La Vengeance allumant ses dévorants flambeaux

Qui s'abreuvent de sang et que le sang altère ;
La trahison livrant au fer de l'assassin
Les amis, les parents, et le fils et le père
L'un l'autre se plongeant le poignard dans le sein.

A ce spectacle affeux, que nos voix unanimes
Chantent avec transport la gloire du héros
Qui retint le pays sur le bord des abîmes
Et du fleuve en courroux sut enchaîner les flots.
Oui, oui, toi qu'en ce jour la fortune couronne,
Accepte ses présents sans crainte et sans remords,
Qu'à jamais, s'il se peut, sa faveur t'environne,
C'est le prix mérité de tes nobles efforts.

Savez-vous pour la gloire oublier le repos?
Et dormir en plein champ le harnais sur le dos ?
Je vous connais pour noble à ces illustres marques,
Alors soyez issus des plus fameux monarques,
Venez de mille aïeux, et si ce n'est assez ,
Feuilletez à loisir tous les siècles passés;
Voyez de quel guerrier, il vous plaît de descendre,
Choisissez de César, d'Achille, ou d'Alexandre.

BOILEAU.

Entre les bras de la Mollesse ,
Sur la soie et l'or étendu ,
Dans le sein d'une folle ivresse ,
N'avez-vous jamais entendu
Ce grand qu'aveugle la puissance ,
S'écrier avec complaisance :
« Pour moi le soleil suit son cours ,
« Pour moi germe et fleurit la terre ,
« A tirer les dons qu'elle enserre ,
« Mille bras me prêtent secours.

« Je vois, répète-t-il encore ,
« Mille vaisseaux fendre les mers ;
« Ils vont du couchant à l'aurore ,
« Chercher, pour mes plaisirs divers ,

« Aux champs que le Noir fertilise,
« Ce cristal à saveur exquise,
« En mille voluptés fécond ;
« Le grain à vapeur parfumée,
« Que voit sur sa rive embaumée,
« Mûrir l'Arabe vagabond.

« Ils parcourent mille rivages,
« Pour m'apporter l'or, le saphir,
« Ils bravent pour moi les orages,
« Comme le plus léger zéphir.
« Pour moi s'opèrent des miracles.......
« A mes desirs aucuns obstacles.......
« Et pour le troupeau des humains,
« Le ciel toujours dur et avare,
« Sur moi dans sa largesse rare,
« Verse les dons à pleines mains.

« Dans mes palais, tout me rappelle
« La puissance de mes aïeux ;
« Leur renommée est immortelle,
« Tout porte leur nom jusqu'aux cieux !
« Et l'histoire n'a point de page,
« Où les traces de leur courage
« Inscrites en lumineux traits,
« N'inspirent des désirs de gloire,
« Et mille rêves de victoire,
« Au cœur épris de leurs attraits.

« Qui pourrait compter les murailles,
« Aïeux, qui tombaient sous vos bras?
« Qui voudrait narrer les batailles,
« Où tout fuyait devant vos pas?
« Si nul n'a poussé la conquête
« Jusques à couronner sa tête
« De l'or des souverains joyaux,
« C'est qu'il plaisait à votre zèle,
« De se montrer gardien fidèle
« Du sceptre et des honneurs royaux.

« Quoi, pétri d'un peu de poussière,
« Mon corps aurait été tiré
« Du sein de la même matière
« Qu'un Noir par le fouet déchiré !
« Quoi, dans un Nègre, un vil esclave,
« Dont le nom est l'horreur du brave,
« Pourrait couler mon propre sang ?
« On aurait vu jadis nos pères,
« Confondus sous le nom de frères,
« Se dire issus du même flanc ?

« Non..... Noirs ou Blancs, vous qu'en ses chaînes
« Le dur travail retient captifs,
« Qui fécondez nos monts, nos plaines,
« Avec le bœuf aux pas tardifs,
« Diverse est notre destinée ;
« Par sa lâcheté dominée,
« Votre race a trahi son sort ;
« Et pour briser son esclavage,
« Elle n'eut jamais de courage,
« Ni d'honneur le moindre transport.

« Loin de moi. donc peuple stupide.
« Va faire entendre tes clameurs,
« Ne trouble pas le cours limpide
« De mes jours affranchis de pleurs ;
« Mais laisse moi dans les délices,
« Obéir à mes doux caprices,
« Car pour le plaisir je suis né ;
« En vain tu penses t'y soustraire
« A vivre pour me satisfaire,
« Le Créateur t'a condamné.

« Vilains, montrez-nous votre gloire
« Et les titres de vos exploits ;
« Vos ancêtres ont leur mémoire.....
« Ont-ils eu la faveur des rois?
« Non, non, une honte éternelle
« Sur vos fronts au jour étincèle,
« Vos aïeux, ce sont ces vaincus,
« Qu'au milieu des latines plaines,
« Contre les phalanges romaines,
« Conduisit jadis Spartacus.

« Vos aïeux, ce sont ces Ilotes,
« Que les Grecs pourchassaient parfois
« Parmi les rochers et les grottes,
« Comme le cerf au fond des bois.
« Voyez encor aux bords du Gange,
« Vos frères traîner dans la fange.

« Des jours par l'opprobre flétris ;
« Quand vous devriez nous rendre grâce,
« Vous enviez, dans votre audace,
« Nos destins de pur miel pétris ! »

Grands, ceux que vous traitez d'infâmes
Dans vos jugements criminels,
Au front gravés en traits de flammes,
Portent leurs titres immortels.
Vainement dans votre colère,
Pour souiller leur saint caractère,
Jetez-vous ces cris ténébreux ;
Le soleil au sein des orages,
Voilé par les sombres nuages,
A-t-il cessé d'avoir des feux ?

De l'intelligence divine
Sur leur face un rayon reluit,
Comme un astre pur illumine
Le sein d'une brillante nuit.
Connaitre le juste et l'injuste,
Voilà le privilège auguste
De ceux qu'accable un fier dédain ;
De sentir du bien tous les charmes,
D'avoir pour le malheur des larmes,
N'ont-ils pas le don souverain ?

Cessez de prodiguer l'outrage
A ceux que vos jaloux regards
Virent cent fois pleins de courage,
Protéger nos fiers étendards.

Oui d'honneur leur âme est nourrie,
Oui leur cœur bat pour la patrie ;
Pour l'arracher au triste sort,
Que laisse aux vaincus la défaite,
Ils se font sans cesse une fête,
De s'élancer devant la mort.

Dire les luttes séculaires
De la France, pour protéger
Ses bords contre les insulaires,
Qui voulaient se la partager,
N'est-ce pas déjà rendre hommage
A l'ardeur qui traîne au carnage,
Confondus dans le même rang,
Ceux que la fortune couronne,
Ceux que la misère environne,
Tous prompts à prodiguer leur sang ?

Patay, (1) pour laisser à l'histoire
Les noms de ces mille héros,
Dont Jeanne guidait la victoire,
Vous n'eûtes pas assez d'échos.
Si célébrant l'humeur guerrière
Des braves mordant la poussière,
Du poéte on entend la voix,
Cette voix par l'or animée,
Des grands chante la renommée,
Du pauvre oubliant les exploits.

---

(1) Champ de bataille où Jeanne d'Arc battit les Anglais et où
Talbot, leur général, fut fait prisonnier.

Ses jours paisibles sur la terre,
Pourraient-ils donc être sans prix ?
N'est-il pas fils ? N'est-il pas père ?...
Mais qu'entends-je ? Quels sont ces cris ?
Ah ! ses enfants dans la détresse,
Pleurent l'objet de leur tendresse,
Le bras qui pouvait les nourrir !.....
A la valeur rendons justice,
Apprécions le sacrifice,
De tout soldat qui sait mourir.

Oui la gloire de la patrie,
Peuple, sur toi verse ses feux ;
En vain du grand l'orgeuil s'écrie :
« A moi seul le titre de preux
» Moi seul, moi seul ressens dans l'âme
» Ce transport, cette vive flamme,
» Qui pousse le brave aux combats,
» Et lui fait quitter sans tristesse,
» Les heures d'amour et d'ivresse,
» Quand le pays veut des soldats. »

A ces mots je laisse répondre
De nos temps les nombreux héros,
Je vois accourir les confondre
Et les Murats et les Junots ;
Guerriers qu'une naissance obscure,
Patriciens, ne peut exclure
Du plus glorieux souvenir,
Que l'envieux dans sa folie,

L'âme par la haine avilie
Sans espoir prétendrait ternir.

C'est peu de vanter la vaillance
D'aïeux que vous n'imitez pas ;
Pour voir briller votre indolence
Affrontaient-ils mille trépas ?
Vivant au sein de la mollesse,
Oser se piquer de noblesse,
C'est l'erreur des cœurs dépravés,
L'honneur ne saurait en partage
Nous arriver par héritage,
Mais parmi les périls bravés.

Insensés de votre opulence
Osez vous vous énorgueillir ?
Et mépriser notre indigence ?
Sans lauriers l'or peut se cueillir ;
Richesse jamais ne fut gloire,
Et dans le temple de Mémoire
On voit les habits en lambeaux
Jaillir soudain de leur poussière,
Semblables aux flots de lumière,
Que lancent d'immortels flambeaux !

Petits et Grands de la Justice
Oui, vous subissez tous les lois,
Fille du Ciel sans caprice
Elle vous pèse au même poids,
Son œil poursuivant le faussaire,

Le rénégat, ou le sicaire,
Des palais brave la fierté,
Et la splendeur du rang suprême,
Et la pourpre et le diadême,
Touchent peu son cœur indompté.

Devant les lois de la morale,
Mortels courbez vos fronts soumis,
De sa puissance sans rivale
Que sert de vous faire ennemis ?
Le crime à ses yeux reste crime ;
En tous lieux, sa voix le réprime,
Ni l'appareil de la grandeur,
Ni tout l'éclat dont il se pare,
L'or, le brocard, la pierre rare,
Ne peut en voiler la laideur.

Laissons l'antiquité grossière
Entourer d'honneurs solennels
Et l'homicide et l'adultère,
Dresser au vice des autels.
Mais nous qu'enfin la raison guide,
Qu'elle défend de son égide,
Sachons que la Divinité
N'a pas de plus beau privilège
Que le rempart qui la protège
Des vices de l'humanité.

Pour nous dont l'esprit équitable
Rompt le joug des vieilles erreurs,

Cherchant la gloire véritable,
Pour lui porter tribut d'honneurs,
Nous accorderons notre estime
A toute vertu magnanime,
Soit qu'au milieu de nos palais
Elle répande sa lumière,
Soit qu'à l'ombre de la chaumière,
Nous rencontrions ses divins traits.

Console toi de l'insolence
Des grands; de boue ils t'ont couvert,
Soit, supporte-les en silence,
Peuple, car leur crime les perd,
Oui Dieu vengeur de ton mérite,
Dieu que leur fol orgueil irrite,
Confond leurs cris audacieux.
Il passe le vent des tempêtes,
Et soudain s'abaissent ces têtes
Qui pensaient menacer les cieux.

En vain, Grands, dans votre folie,
Vous bravez les traits des revers,
Tout-à-coup Dieu vous humilie,
Servez d'exemple à l'univers.
Fier favori de la fortune,
Qui de la misère commune
Pensais pour jamais t'affranchir,
Apprends qu'il est des lois égales,
Pour tous heureuses ou fatales,
Que nul mortel ne peut fléchir.

Seulement depuis douze lustres,
Qui, Français, oserait compter
Les noms chez nous les plus illustres,
Que le malheur voulut dompter ?
D'abord d'un trône séculaire,
C'est le soutien héréditaire,
Roi généreux, nouveau Titus,
Qui pour les fautes de sa race,
Devant Dieu n'a pas trouvé grace,
Malgré d'héroïques vertus.

Sur ses pas, fumant de carnage,
Je vois accourir ce vainqueur,
Qui du Nil au rives du Tage,
Porta de son nom la terreur.
Après lui dans notre mémoire,
Quel nom vient placer notre histoire ?
Un nom, un nom déjà fameux
Dans nos plus funestes annales,
Par les complots, par les cabales
Et les projets ambitieux !

A leur suite un nombreux cortége
D'esclaves ou de serviteurs,
N'a pas eu d'autre privilège,
Après mille biens, mille honneurs,
Que d'avoir le sort de ses maitres.
En vain quelques-uns se font traitres,
Grand Dieu ! nul n'échappe à tes coups !

Ainsi la vertu protégée,
De la grandeur se voit vengée,
Mortels, n'en soyons plus jaloux.

Ils s'écriaient dans leur délire :
« Nous seuls pouvons vous rendre heureux,
« Français, respectez notre Empire »
Mais tous leurs discours orgueilleux
Sont confondus.... Quand ton courage,
Aux mains d'une horde sauvage
Nous ravit, Prince, de la paix
Quand tu nous ramènes les charmes,
Quand tu mets fin à nos alarmes,
N'as-tu pas comblé nos souhaits ?

Pere de la nature, être puissant et bon,
Protège cet Empire où l'humaine raison
Après de longs écarts, enfin sous ton auspice,
De la société rebatit l'édifice.

. . . .
Puisse l'astre éclatant où brille ta puissance.
Ne rien voir dans son cours de plus grand que la France.

CASTEL. *Les plantes.* — Ch. 11.

Par les plus noirs poisons il a l'âme flétrie, (1)
Par l'envie et l'orgueil il **a le cœur** rongé
Celui qui de tes lois veut rompre , ô ma patrie !
Le joug, qui cependant d'airain n'est plus forgé.
De l'Egoïsme affreux que frémisse la rage.....
Quand sur tous tes enfants il répand ses bienfaits,
A ton Code inspiré j'oserai rendre hommage,
Méritons que sur nous, seul il règne à jamais !

Superbes détracteurs de la France adorée,
D'une vaine éloquence épuisez les détours,
Pour prouver en tous lieux que de mal dévorée,
De vous seuls désormais elle attend son secours.
De vos trompeurs accens elle craint peu les charmes,
Affrontant de vos yeux tous les dédains altiers,
Elle brave les coups de vos perfides armes,
Alors que du bonheur elle suit les sentiers.

Prétant ici l'oreille aux cris de l'innocence
La Justice confond le crime audacieux,
Pour le peuple et le grand n'a plus qu'une balance,

---

(1) Un journal ayant, il y a quelques temps, fait l'éloge du
système de substitutions et du droit d'ainesse, j'imaginai de lui
répondre ainsi.

A l'équité toujours offre un front radieux.
C'est elle qui dicta de sa bouche prospère,
Ces solennels arrêts, qui vinrent mettre un frein
Au pouvoir paternel qu'un respect trop austère

Jadis avait créé tribunal souverain.
Désormais, frères, sœurs qu'un usage barbare (1)
Du banquet des aieux repoussait sans espoir,
A ce banquet sacré devenu moins avare
Vous avez obtenu le droit de vous asseoir.
De vos pères venez recueillir l'héritage,
La France vous le donne, ils vous l'auraient ravi ;
Elle même prend soin d'en faire le partage,
Qu'à jamais de ses lois le règne soit béni !

On ne reverra plus, Vierge faible et timide,
Tes charmes de l'hymen regrettant le flambeau,
Pour enrichir un frère héritier trop avide,
Rencontrer dans le cloître un horrible tombeau.
Et vous qui de l'amour souffrez l'ardente ivresse,
Tendres cœurs vivement l'un vers l'autre attirés,
Sans crainte livrez-vous à l'aimable tendresse,
Vous obtiendrez un jour les plaisirs désirés.
Qu'importe que sur vous d'une main inégale
La fortune se plaise à verser les bienfaits ;
Du banquet des bergers à la table royale,
De la sombre chaumière aux somptueux palais,
Tendres amants pour vous la route est aplanie.

____

(1) L'usage des substitutions et du droit d'ainesse.

Sous vos coups il n'est plus d'imprenable rempart.
Oui l'amour peut aussi braver la tyrannie
Et de la liberté déployer l'étendard.

De parents irrités craignant peu le caprice,
Vous pouvez dédaigner leur coupable courroux ;
La France étend sur vous une main protectrice,
Amants, heureux amants tombez à ses genoux !
Vous ne redoutez plus l'exil, ni l'indigence,
La même loi qui sait défendre l'orphelin,
Aux enfants dépouillés rendre leur subsistance
Des amants malheureux protège le destin.
Accourez, accourez à vos serments fidèles
Sans retard obtenir l'objet de tous vos vœux,
De l'hymen embrasser les chaines éternelles,
Allumer dans vos cœurs ses légitimes feux.

Pour vous qui méprisant des préjugés ineptes,
Des beaux arts prétendez devenir nourrissons,
De l'orgueil repoussant les odieux préceptes,
De la philosophie aimez mieux les leçons,
Vous tous qui sur les pas de Rousseau, de Molière,
De Rubens, de Mozart brûlez de vous jeter,
Qui des bruyants honneurs désertant la bannière
Des travaux de l'esprit savez-vous délecter,
Venez, qu'à son penchant, votre ame s'abandonne
Souvent servir les arts, c'est servir les vertus ;
Suivez donc leurs drapeaux, le pays vous l'ordonne ;
Par eux un peuple est libre et les tyrans vaincus.
Accourez et d'un père affrontez la vengeance,
Vainement voudrait-il menacer votre faim,
Laissez-le se livrer à son extravagance...

Un jour sur son tombeau vous trouverez du pain.

Perfides contempteurs de ma chére patrie,
Où courir, où voler ? Sur quel bord, sous quel ciel ?
Pour embrasser ces lois dont votre ame attendrie,
Sait nous peindre le joug pétri du plus pur miel.
De la Newa faut-il aborder le rivage,
Où le Russe grossier couvre de son mépris
Le reste des humains, et fier de son servage,
De notre indépendance ose nier le prix ?

Orgueilleuse Albion, aux rois toujours rebelle,
Qui te crois libre, hélas ! Quand ils sont enchaînés !
C'est toi qu'ils prétendraient nous donner pour modèle ?
Sur tes pas ils voudraient voir nos pas entrainés ?
Que la France plutôt remontant la carrière,
Où reine elle conquit l'ordre et la liberté,
Dépouillant le manteau de sa fierté première,
Des chaînes des Louis retrouve l'apreté.
Ah ! plutôt voir tremblants d'un despote d'Asie
Le bras, le bras de fer sur nous s'apesantir,
De ses décrets plutôt souffrir la frénésie,
Que par de tels conseils nous laisser pervertir !
Sous les coups d'un tyran ombrageux qui l'opprime,
Un peuple voit parfois se détendre son frein.
Fatigué de courir toujours de crime en crime
Le monstre fait sur lui briller un ciel serein.
Où lorsque tout concourt à combler sa détresse,

A ses cris de douleur quand les cieux semblent sourds,
Soudain la mort parait, et sa faux vengeresse
D'un torrent de forfaits vient rompre enfin le cours,
Mais quand pour échapper au pouvoir arbitraire
Un peuple osa remettre un instant son destin
Entre les mains des Grands, rien ne peut l'y soustraire ;
C'est au joug le plus dur courir d'un pas certain.
Un sénat ne meurt point ; c'est l'hydre de la fable
Par cent gueules versant son souffle vénimeux,
Il brave mille morts ; qu'un bras peu redoutable
Lui ravisse une tête, il en renaîtra deux !
Venise, à ce nom seul quels souvenirs funèbres !
Venise qui vécus sous l'Empire des grands,
Viens, viens nous découvrir au milieu des ténèbres,
Le glaive et le poison, loi de tes dix tyrans.
Et toi qui jusqu'à nous lèves parfois encore
Un front où sont ces mots : gloire, témérité !
Pologne, tu verrais sur toi plus d'une aurore
Répandre les rayons de la prospérité,
Si du faible et du fort te montrant la patrie,
Le peuple eut rencontré son appui dans tes lois ;
Mais de ta liberté la source fut tarie,
Quand le grand sous les pieds foula partout ses droits.
Là je vois le colon qui féconde la terre,
A peine recueillir de son avare sein,
Pour soutenir des jours voués à la misère
Un aliment grossier qui contente sa faim,
Tandis qu'un Noble altier de ses vastes domaines

Entassant les moissons qui comblent son grenier
S'écrie : à moi les fruits, à vous les rudes peines ,
Vils serfs, voilà mon droit, craignez de le nier !

Que pourrait envier la France à l'Angleterre ?
Serait-ce de ses lords les merveilleux palais ?
Ah ! sur elle jettons un regard plus sévère !
Scrutons et soulevons des voiles trop-épais ;
Oh ! Ciel ! que contemplai-je ?... aux pieds de la Mollesse
Gissent de mendiants les mille bataillons,
Et deux peuples (1) pour eux réduits à la détresse
Ne peuvent leur fournir qu'à peine des haillons.

Non, non, la liberté n'établit point son siège
Parmi vous , fiers Anglais, peut on ne pas le voir ?
La naissance est encor chez vous un privilège ,
L'or exerce sur vous un inique pouvoir.
Là pour un dur travail, minime est le salaire ;
Le Monopole ourdit là ses complots pervers ;
Vendre à tout prix ses bras pour un pain nécessaire
A ses jours, n'est-ce pas souffrir le poids des fers ?
Le sol , de quelques grands est aussi le partage ;
Ils ont dit : « qu'à jamais (ô coupable désir)
« De cultiver un champ, paternel héritage,
« Le peuple en Angleterre ignore le plaisir. »
— Cherchant au jour le jour une âpre subsistance.
Sans cesse à la merci des rudes coups du sort,
Comment de sa famille assurer l'existence ?

---

(1) Les Irlandais et les Indous.

La famille du peuple ! Ils ont juré sa mort...
Oui, pour lui du foyer ils redoutent les charmes ;
Avec l'indépéndance et la prospérité,
Contre leur tyrannie il trouverait des armes.
Étouffer dans son cœur, honneur et dignité,
Réduire ses désirs aux instincts de la bête,
En lui de la débauche irriter les penchants,
Serait de ces tyrans la plus douce conquête.
Mais leurs complots pour nous ne sont point menaçants
Français, celui qui sût de l'hyène sauvage
Réprimer la fureur, de l'orgueilleux lion,
Né pour être vainqueur, saura dompter la rage.

   Laboureur trace en paix ton pénible sillon,
J'en ferais le serment, sa main libératrice
Brisant les rèts tendus par la perversité,
Assurera le sceptre à la loi protectrice
Des labeurs de tes fils et de leur liberté.

FIN

Aix. — Imprimerie de Nicot, sur le Cours, 53. — 1854.

www.ingramcontent.com/pod-product-compliance
Ingram Content Group UK Ltd.
Pitfield, Milton Keynes, MK11 3LW, UK
UKHW021655090726
13657UKWH00004B/1985